北方

田中清光

思潮社

北方　目次

画＝著者

北方

北方 I

一

向かってくるのはギリヤークの風
骨まで氷らせる寒気の地ふぶき
体のすみずみに
流転の一刻一刻で浴びせられた罵声のしぶき

それを狂おしく振りはらいながら
歩いてきた

とぎ澄まされてゆく精神は
涯てまで行き
発作に襲われる
せきこむのは　誰にも見えない〈永遠〉
その永遠をのみこもうとするから

死ぬほど苦しくても
吐き出せないこの極北の凶暴の嵐
生来の肋骨の痛み

猛禽の嘴をもつミサゴが獰猛な襲撃で奪った魚肉を剝きだしに
ひらひらさせながら翔ぶ
わが蔑んできた
死への恐怖も生への恐怖も

北の天に氷りついた山山に
乱射される天日の彼方
堡塁《ホルイ》の崩れたガレキが
どこまでもつづく霧のなかで
苦行僧のように衰弱させせられる

知っているか
おびただしい埋葬が掘り起こされ

盗まれた人骨を返そうとしない*
無尽蔵に埋め尽くされた原野の果てに
われらの羽撃こうとした魂が
小賢しく文化をかたる男たちのすぐそばで
凍えてしまっていることを

もはや誰も太陽にさからって
暴力ににた科学という奇怪な化け物の
そばから滴りおちる
汗と歴史とを一人として見ようともしない
無残に光を浴びた骨ぼねに
歯がみする父祖たちよ

北の海はいま青く
そこで叫ぼうとする咽喉が
雪と氷とを吹き上げている
だがこの世の底から　誰が声を上げるか
暴力に見えぬ暴力が
寂しい光の牙を
冷酷に目つぶししている

眼のおくに刻み込まれた
すべての流木と流氷と
われらの内から流れ出たもの
それらを
とどめもせず

まだ尽きていない
死火山と化した山山の無残な青い道
その渡渉にむけて
アイゼンを
とぐ
なにも当てにならぬ日日のなかで
始まろうとする僅かな情動を
とぐ
生き残りのエゾノキツネアザミを
とぐ

＊『学問の暴力』（植木哲也、春風社、二〇〇八）

二

ほとんど生体の住めない
高位の山地に
行き着くことの不可能な旅人として
よじ登り
瘦せた岩塊に根づく
おそるべき乾季との接合をはかる
植物の根を
繊細な野蛮人のごとく

育てようと

山地に浮かべる雲が
空虚の花を生滅させる
あるいは生滅をこえたものとして
時にいろいろの色を帯びさせる
色が花をえらぶのか
色が旅人をえらぶのか

涅槃といい
混沌の生死という相のうえに
不生のいのちを
もとめ

一茎の花に
天に向かう烈しい消滅への意志を知り

生も死も茫漠不変のものと化す
山岳の肩の辺をめぐって
訪れては去るもの
絶巓にふりかかる
極相の音楽が形象として立ちのぼるそのとき

おそるべき世界の荒廃に向かい
その一刻一刻を
きざみこむ〈道〉が見つかるか
魂の飢餓をふり払い

荒れ尽くしたこの世から
はね馬のごと筋骨を煽って跳躍をはかり
未知に向かおうと
長いあいだ追いつづけてきた歩行を
死後にまでつづけてゆくべく

高位へよじ登り　また垂直下降を企て
幾何学のもたらすプリズムの
スペクトルのなか
不可能な旅人として

花が色をえらぶのか
花の色をえらぶのは何ものか

われらの脳髄と結合するはずの
空華を背負い
片手に〈宇宙からの光〉　もう一方の手に〈否運の灰かす〉と
を
かかえこんで

三

雪の浜辺が涯てしなく海を潟《かた》どり
北の極地から吹き出す華たちは天末線にふれながら
痙攣をやめない
われらを呼び　杳かな暗黒へと
かつぎ上げる地ふぶきの底ふかい唸り声
これまで食べたことのある岩や土にも味わえなかった
草や木も育たないここの
ただ日と月とに始まるだけの

荒寥の世紀を

灰白色の脳髄が
嚙み荒らす雪虫のように
死相にむれなす生き物のあとから
白色の斑《まだら》だらけの砂漠がつづき
濛々たる霧に閉ざされては
ほとんど無表情の彼方
生まれてくるはずもない杳かなフクロウの類を
生誕した少女の亡き母も　そのまた母親も　もっと古い親たち
　も
口伝《づ》てで呼び出そうとしてきた

天上からは銀の風
酷薄としかいいようのない痩せ枯れた眺望から
危機に対《むか》ってゆく物質という物質が　生命という生命が
片端から消滅してゆく
雪原の涯て
白色のほかなにもない凍りついた
宙天に向けて

無、無、無といくどくりかえしても
しかしなにも無くならぬしんとした　真空のそら
からっぽの風の空洞《ほら》
その上の抜けるような　誰もいない空の紺ぺきの色

ここで生きものの行く末を見てとり
今あるあなたや　わが命運を見きわめてみてもどうなるものでもないが
バロック音楽のどこまでもつづく音脈のなかをさかのぼり
重重しい声　明《しょうみょう》のなかから末法のゆくえを
嗅ぎとる
残されたわれらの命脈

あわれ
ダンテ・アリギエリの果てのごとく
異郷の疫病にいのち奪われ
北限の風のなかに
末期の生理すら

ただ吹き過ぎてゆくということのかぎりを
日日たえず知らされる

北方 II

一

夜明け
稲光りのなかでの眼醒め
V字の谷
そば立つ山塊のなか

太いあばら骨が地を貫き
地殻の幾千幾万の穴から噴き出す水　水
岩のすきまで呼吸するみずうみ　川

古代そのものの地上が
高い天の光とともに
そっくり息をしている

科学もここでは紙の上の智にすぎず
複写される文明のうつろいも
ひと茎のタケニグサにも如かない

かつて北の尾根　フォッサマグナの西縁をなめて

やってきた始祖たち
洪積世の終わりには峰峰のすそにきらめいていた氷河も
とうに姿を消し
氷河の削った尖鋒だけがますます尖ってくる

谷から登る急崖や
鋭い鋸歯と急傾斜を避けてルートを切ってきたのも
繁茂した森のなかからタカネヒカゲ　食べてきた草木の種子
　キビやエゴマ……
雨の池や縞枯れの山から噴出した火柱をすぐそばで見た
始祖たち

どんなに必死でかけ登ろうと

道はその先で裂けている
石であろうと
土地であろうと
塩のない地上
われらのなめる言葉といったら
骨を失った記号

北をのぞみ
脱出した始祖たちは
農具も捨て
どこで海にめぐり会ったのか
貝を食べたのか

足跡はどこにも残されていない
極地の狩人たちのさばいてきた植物が
歴史を語るのだが
そこには無に近づく歴史が
浮かんでくるばかり

歴史にも支配しきれぬ
自然のしたたかさを思い知らされ
太陽の陰から
暗闇の地上に移り住んで
そのまま老いた人となり
もはや地を裂く噴火を見るすべはなく

その人は今でも現われる
裂けた道の曲がり角から
老い惚けた
少年少女の顔をして
地の涯てへと向かって

二

われらの情念には
泥炭層の底ふかく　地異のまま沈み込み
分解をこばんで堆積をかさね
高層の湿原風景を創生する
植物として果てのない循環を
生みだす
北の創生のちからが染み入っている

シベリヤ、アリューシャン列島から南下した
亜寒帯の植物が
ここにとどまった
純白のワタスゲの穂が南限となった
エゾシロネの名もうるわしくまた哀しいが
その地下茎を食していた民族の血脈は
ここにとどまり屯《たむろ》しているのか

その重たい闇の重層の中から眩暈《めまい》のまま
死んだあなたたちの顔を
まだよく見てはいない——
それがわれらののぞむ死なのか
それとも再生への幻暈だったのか

北の情念の闇の中に
泥炭層の底を　走る光があり流氷がある

この地の闇を切りひらくのは
運動でなく　大移動でもない
天に向けて届けようとした
かたちとよべそうもない祈念のかたちだ
幻の古代語へ　頂点からどん底までの蝶の乱れ飛ぶ生殖の痕は
いまもってそこに亡びた昆虫の系譜がただよい
意志を失ったこの土地の濃い翳りをはらむ
翔び去ったものよ　全身をはしる戦慄に襲われ
どこからも脱出しえない

強烈な自我と
血脈の鬱血とを
激発させてきたひとびと
すでに捨てたいくたの情念も死に絶える残りの地球
果ててゆく　極地の半　島《ペニンシュラア》*を酷愛し

山なみの末端で清らかな風に吹かれるシシウドの繊毛の
複散形花序の象《かたち》に
ひそかに織り込まれた地のロマネスクの形見を
読む

*加納光於の忘れがたい作品に「半島状のペニンシュラー」（一九六七）がある。

北方 III

一

移動する水から水へ
運ばれる八月は
巨大な野の画譜を燃焼させて
自然の軸を狂わせる

父祖の代からはじまった
水脈の異様な変異
水にとらわれてきた故里の
祭事を
継ぐものも消えてゆき

水の根に腐敗をよびこむ古えの樹の根から
母国語のはるかな地質は
継ぎ伝えられ
世事を連れ去ろうとする　夜に
稲光りのなかから
遠い日の訪問者の記憶を
うかべようとする

死から再生へと
集うものたち
父祖の代のはるか以前から訪れている脈拍の
結節する夏至には
傾いてゆく太陽の彼方へ
沈みこむ地平の炎上につれて
石が石として　微光を放つ

地上の燃える闇のなかから
千年の水鏡の眼が
青白い月の光をなぞり
その彼方に見えない水脈

ひとすじの廃墟への道
末期の徒が身に浴びつつ
聞こうとした
落ちつづける水脈のしたたりを聴く

数千　数万の時がゆるやかに経《へ》めぐって
そのまま何処ともなく
消えてゆく
雲の影が地を走る
いきなり真正面から叩きつける苛烈な風に
手足をもがれ
神の無いこの世で
われらをみちびく再生とは

この錯誤にも似た時のずれから
われらを吸い込んでしまう時空に隠されて

おお　この寂しい地上を
たどり
他者の生存に眼を注ぎつつ
それでいて土地に一人取り残されるのを知る
父祖はすでに行ってしまい
戻ることのない季節の終わりを
ぬくもりのない文字で
語らねばならない

何処から何処へ

行くえ定めぬ水の移行のごとく
ここに生まれ　ここに生き
いずれここに斃《たお》れる者として
破裂をくりかえす宇宙時間のなかから
存在の水源
太陽の心臓を飲みなおす

二

険阻の立方体　屋根のさきには尖った氷のテラス
北から迫りくる冷淡な風雨
ひとを縛りつける骨また骨の牢獄
始祖にはじまり
誰にも開くことの不可能な
漁小屋
屋根もむしり取られた板戸で
手づくりの魚網が　ざんばら髪のように

風に靡《なび》く

天と地との僅かな隙き間
跳梁するのは　けものか　亡霊か
山脈の尽きる端に住みつく憂愁の魂
どこから射す光か
風は地を抉《えぐ》って吹き上げ
防風林の木木の枝を曲げ
地球の呼吸をさえ折り曲げ

おお　われらを救うものは
無調音楽の一曲か
これ以上　剝落しようもない言葉

叫びようもない無機透明な電子楽曲
断面のすべてが剝ぎとられ　そこに現われるのは真実　瘦せこ
　けた裸像——が必要とされる
原始の存在へ　ここからどのような断崖を下降しようと
ガレ場は　何物をも支えようとしない

おのれの生の露出のごとく打ちつづく
ミズナラの槍ぶすま
そこに生きるほかない寄生植物たちの綿毛が
あるはずもない耕地に垂れかかる
贖罪をつづけてきた始祖たちの
ここで見てきた
動物の死

神神の死
血流を咽喉もとで閉じられ
失われたすぎゆくものをいたむことさえ
できず
非情のまま　遊戯もわすれ
笑うように生きるほかはない

裂けた　この世の抛物線の向こうから
物乞いをしたこともない始祖たちは
小鳥を食し　川水を飲み　馬の頭蓋骨を祀って
神神に向かって語りつづけた
痩せた岩稜にしがみつき
登る先は

氷った天空しかない
足元から領地は削られ　削られ

たちまち濃霧に包まれる剣の峯
青みどろの底部を研ぎ出し
のぞく群青のきれはし
絶海につもる　なんと厖大な気象の積算
そこに在るものはたちまち霧消し
巨大な渦のみの誕生する絶海の果て

風がふきすさぶなかで
百年のちにも生きる
一本一本の木を立てて

祈念する
鴉族の襲撃を誰よりも
待つ

へりのない海
へりのない沖
へりのない地上に

渦巻きうねるしなやかな気流の　女体のごとき舞踏を透かして
漁場が氷を噴いている

三

北の地の極みからわれらを曳き出した子孫たちが群れなす
湿帯の丘を行き過ぎ
帰順するはずもない生誕からの迷路を
奥の奥まで　さかのぼろうと

履歴はどこにも残されていない
極地の狩人たちがさばいてきた植物が
無へと近づいてゆく歴史の
詳しい

来歴を消しては

彼岸から漂着したままの
傷痕のかずかずや
先をふたぐ岩の牙に衝突し
文字からも切れて
現世の慣用句からの断絶の涯て
思想の姿をしていない思想
ひたすら北に向かい
裂けては現われる
消滅と自生の猛ふぶきとなる

不潔な道をとおって

旅立った商人の
見窄《すぼ》らしい背中を追って
荒れ果てた勾配を喘ぎ喘ぎ

低気圧の襲いかかる雪模様《もよい》を前にして
戦慄する氷晶の樹樹を斜めに見つつ
群青の海峡をすぎ
岬すら歴史を語ってくれない
結晶してきた死者たちの声の聞こえる中空を
一羽のハゲワシとして突きやぶる

この視力のなかで
魚のごとく

季節は逝き
眼のおくの瀧つ瀬は
霧氷とまじって
雹の吹きすさぶ
痩せほそった断崖に消しとぶ

傍若無人の歩行者として
歩いてゆく先には
もはや極地しかない
死んだ人びとが茂みにかくれている
森に
たくさんの骨がうずくまる
われらの現世だ

「北方」

近来、信州の山地の麓で過ごした。その日日にくりかえし現われた「北方」というイメージ。そこには、私をめざましく震動させつつ、無に向かう、あるひびきが底流していた。

はるかな遠い日、亡き父がふと口にした言葉。「北信濃からのわれらの血には「北方」の血がまじっている。」その言葉も今となれば消えかかり、宙に漂い、とてもさだかとはいえないものに思える。

宇宙

天に角《すみ》はある

天に角《すみ》はある
四方に黙示の梁《はり》をひろげ
そそり立つ不可視の闇
人界の境界に行きつくと
そこから流れ星がふりしきってくるのが見える

黒い翼に掩われた宇宙の内陣に

渦巻く永劫の闇——暗黒星雲から
ななめに空間を引き裂いて
落下する隕石

旋回する天道系
そこを自転する天体のなかに
闇をもっとも輝かせる悦楽の魔
虚しく死をつつむ
観念の仮装はきらめき

青い天末線にたゆたう
われらの未明は
彗星物質のチリのむこうで

うるおう靄のように
生まれたり　消えたりしている

太陽になりそこねた大惑星に

巨大で重たい木星ゼウスの表面を
猛烈な速力で回転する赤い焰の
渦巻きが走りぬけている
その踵のあとを
つかまえようと追う時間の爪は
宇宙の闇のなかに
欠けてはバラバラと光の屑となって

飛びちる

そこでは秒速一〇〇メートルをこす風が
三十年も吹きつづけているという
望遠鏡を覗けば
超時間のピンクの縞模様がそこで
やわらかい
原始の腕を
しならせながら
宇宙史の
ごく短い頁をよぎってゆく
瞬きのごとき余りに短い生命を照らし出し
一瞬というものの

もつ意味を見させているようだが……

無限を考えられぬものたちに
生のもえがら
惑星たちが放つ光の脆さ――
死んでゆくもののことを
ようやく理解させる

なにも語らぬまま
火を噴きつづける星のタマゴもあり
そのすぐ隣りでは
巨大なシャボン玉のようにふくれては
消滅してゆく生体もある

銀河が弱肉強食で小さな銀河を呑みこむというのも
涯てのない無
それとも世界存在の中心をなすのが闇だけということを
見せている

アンドロメダ銀河の

アンドロメダ銀河の
向こうがわを流れている河は
どこへ注ぎ込むのか

それらは闇である永遠の大河を
溢れさせ
発生のみなもとへとよみがえり

もう一度　ほろびたものの
息をふきかえさせる
肉眼で見えるのは
そんな星空だが

つぶつぶの流星雨となって
宇宙に消えてゆく塵粒子《ダスト》を見ては
その光芒の先端から
あれは輪廻のはじまりだなと呟やく

天上の幻

天心を占めて流れる天の川が
牽牛《アルタイル》と織女《ヴェガ》の二つの星をきらめかせる陰暦の夜
〃天の川棚橋《たなはし》わたせ織女《たなばた》のい渡らさむに棚橋わたせ〃
と万葉びとをしてくりかえし　〃棚橋わたせ〃を唱わせた
物語の投網は
ヴェガ星の青ダイヤのような澄んだ光で
まれびとの来臨を待つ天の棚機《たなばた》乙女の聖なる処女性を

秘かに照らし出してみせる

季節のゆきあひ祭り　星祭りが
差し渡し一〇万光年もある巨大銀河に泛かべる天上の幻
そこでは天上の聖職に身を投げる乙女が
空の水に性を映すという秘事を
いまも映し出している

千億から二千億という星が集まって　光の流れを織り出してい
　る天の川の
七夕の夜を迎えても
男たちといえば
遁れることもできぬ地上にあって

落下する光芒におろおろと狼狽《うろた》え
乙女らが天蓋に運ぼうとしていた穢れから
おのれを切り離すこともできない

アルタイルも　ヴェガも
ふたたびの邂逅すら約束できないという出会いの
果敢ない一夜……

無と宇宙と

宇宙が大爆発したとて
なんの不思議もない
宇宙学の大きさは　どこまでも
すべての輪廻転生をのみほさねばおわりようがない
美学者は目を回すにちがいないが

まんだらも欠けて　飛ぶ
藤原定家の明月記のなかでは
かに星雲も爆発したと記される

巨大な円盤状の渦巻きが　二本の腕を垂らし
回転しつつ宇宙の外へ
星とガスを放射しつづけたのか

二本腕の渦巻きが星とガスを内に捲き込んだのか
どちらにしてもたえず星は
そこで死んだのだ　ガスを残して

そのガスがまた星を産むという
巨大な輪廻は
(野原におちた小さな破片からだって
見つけられる)
やがて大爆発を起こし
「無限」も鳥類もけものたちもまとめて
無に還してゆく宇宙を想像するのは
まことに　はてしなく　ここちよい

暗黒物質

天の河　銀河が
抱え込んでいるとされる
ダークマターとよばれる見えない巨大物質の謎

五万光年の半径をもつ
その円盤構造に
一千億から二千億という星が渦巻くというひともあるが

それに加えて底知れぬ不可視の暗黒物質《ダークマター》を内に隠しもっている
見せられぬ罪業や死体をかかえたままの
秘密もそこにある

宇宙の秘密も
たえず肉体の殻から抜け出そうとしている
俺のちっぽけな黒い罪業にしても
終ってゆく道筋にすべり落ちるまでの
みじかい一瞬

夜空に夥しい星の渦が現われるたびに
人間――集まっては地上の床の上を乱舞《ダンス》する

踊りながら捨てる　捨てる　夜を徹して頽廃を輝かせる
謎そのものにでもなってしまおうとするのか

悲歌

宇宙の構造についての仮説が　どこまで天の川を運ぶことができるのか
暗い星めがけて跳ぶ微塵が光を帯び　原初の鳥たちも
羽撃きめぐるような天涯に立って
だれが宙空の円周をはかったのか
渦巻きの中心に向かって旋回運動をつづけている見えない

裸の塔をとらえようとするのか？
楽音のあふれる塔のその先端は　宙空の終辺を貫ぬき

銀河系の厚みをたもつための肉が
流れ星の追走する焼けただれた空間に浮かぶ

そこで起こされる反物質の火災に死に体となってはならぬ
われわれの待ちこがれる真の悲歌にゆきつくまで

冠座

夜空に冠が現われる
王女が投げ上げた七つの星を鏤《ちり》ばめた冠《かんむり》
六つの星は小つぶの真珠
一つだけが大つぶの真珠
六つの星が四等星
一つだけの二等星を列べた
夏の夜の宝石師

やがて南の空へ移ってゆくと
蛇座のおろちが上半身をすっくと立てるころ
その頭上に
この冠は無言できらめく

それにしてもこの七つの星
何万年かのちには散らばって
冠の形をとどめないだろうと
天文の学士はいうが……
そのときまで
王女の投げ上げたきらめく冠の光は寂しく華やぎ
瞬きつづけるのだから

星の転生

天を横断し　充満しているガス
ガスが星を生む
無数の星はガスから生れ
星として死んでしまったのちには
星がガスを生む
ガスから星　星からガスへの
転生

天上宇宙でくりかえされる
流血もなく
誕生と葬送とが
永劫につづけられる
天の領土

その燃えがら
壮大な星の
燃えがらと
人の手や足はいっしょに
はしゃぎ回っているように見える

未明

はじめから空間は完成している
十二宮をめぐり　闇がゆらめき　夥しいひだをみせ
きらめく星雲　ビリアル　宇宙速度
はるか彼方でかぎりない消滅と発生をくりかえす

朝ごとに樹木の影に立ちあがる大地
地下の鉱脈には鮮血があふれ

天をめぐって　泥　泡　臓腑も沸騰する
皿のように浅い　未明のめざめがはじまる

もしかしたら宇宙は

もしかしたら　宇宙は私たちの脳の脳幹がふるえたつのにつれて
空間や時間、重力を震わせはじめるのかもしれぬ
急激にゆらぐ爆発と収縮とが
花園のごとくエネルギーの振動を　銀河に点火させ

しかし無　無　無だけが　聖なる掌をひらいて
見えない通路を開けてきた日日

暗黒物質の総質量のなんという重さ
光線の曲がる先で

反物質はどこへ失せたのか
どこを切ってみても物質だらけの現代文明

世界が二重の底をもっていると仮定してしまえば
宇宙までが　理解しやすい

海底の魚群に似た　流星たちの群れが

どこまでも時空の涯てを移動しつづけるのが見える
在るものと　まだ現われていない不在のものと
まぶしい天と海の微風のなかで　斥《しりぞ》けあっては
進化などという軌道から
もんどりうって堕ちようとする

涅槃

星ぼしにひとときなりとも眠りのときはあるのか
ときに眼醒め　ときに眠る星はあるのか
天体望遠鏡を覗きこんだままでわたしは
途切れることのない渦巻きに包まれて
文目《あや》も分かぬ暗闇のなかへ

溶けるように全身の感官も意識も　流れ入ってゆく

そのまま暗闇に化したわたしが
そこで触れるものは　ひたすら凍えてゆく時間

渦巻く時間が空白にかわり
ただ呼吸だけが　点灯している

巨象よりも重たい　無のなかに沈みこんだままで
物哀しい喚び声をとおくきいている

星夜

夜の底の庭　夜の底でうねる小径　夜の息苦しい植物
家ごとの窓の灯り　町はずれに積まれたスクラップの山
削られむき出しの崖の色
商店のどぎつい看板が密集している中心街

――一瞬の流星の光芒が　か細い光でこれだけのものを見せた
後　たちまち暗闇に閉ざされる――

夜の繁華街のネオンの華華　群がる人の群れ
公園のアーク灯　空地には捨てられた自転車　ひまわりの疲れた花
切断された道路　傾いた標識
穴だらけの地上から　突然天に向かって
立ち上がる黒い影がある

――降ってきた星のみじかい光にも浮かんで見える――

しずまりかえったままの白亜の病院
子供たちも　花火も　歓声も　夜の幕の中に幻のように眠り
夜の底で動物たちも眠るころ

消えかかった仄かなスクリーンを見上げる命

——流星のあとから　ますます濃くなってゆく闇に包まれて

未知の光を覗くことができるかもしれないぜ

知れば知るほど星たちは人間から遠ざかってゆくけれど

想像力だけで星虹《スターボウ》にぶら下がる奴だっている……

とらえられない闇の穴《ブラックホール》

宇宙の涯てのない拡がりを追う
最新鋭の天体望遠鏡をもってしても
銀河のどこを見回しても
捉えることの出来ない
闇の穴《ブラックホール》があるらしい

われらの血流の生態にしても

たぶん裏がわに暗黒をひそませていて
それだって自分では捉えることはできまい
自分にも知らされていない
虚の渦巻きを持って
もう一人の自分に出会う暗黒の
日日とは　いつやってくるのか

無はどこにもヘリを見せず
停止することのない
暗黒のふくらむエネルギーを
抱えたまま

夜空にきわ立って眩い光を放つ

銀河系の
おとめ座を見上げても
重力のあまりの強大さに耐え切れず
光さえも脱出できぬ闇に変じ
形姿を喪って未来までを吸い込みつづける星があるという

実の世界から崩壊し
虚の世界にいっきに変ずる
反宇宙の形象よ

この宇宙に
たえず発生しつづける虚の世界は
三途の川の向こう岸のことだと

笑ってみても

人間の身体の内にも
外からは窺えない
また決して外へは出られないブラックホールがある
内がわからたちまち無に変じてゆく光体もある
——この人体との奇妙な対照と相似とは
いったい——誰の手が作った作りごとなのか

せめてわれらの身体が虚に向かうとき
宇宙の微光でも感ずることができれば
深い〝境界〟を感知することができるのかもしれないが

この瞳《め》がいつまで

この瞳《め》がいつまで　いま見ている星の上を逍遥し
その光を追っては　深い闇の空の散策を　つづけることができ
るのか
生きて在るという現在の切実なときから
すべり落ちてゆくまでの
わずかな時間

どこから　どこへ？
行方は　分からないが
親しんできた星たちが
無への道を
照らしてくれることもあろうか
星たちの隠している空の底までは
誰にも見透せない

私たちの生の愚かしい
夢想といい　仕事　妄念　眠りまでの歩みといい
この瞳《め》の
拡大しようのない瞳孔や
果ては　存在論の終わりない悲しみからはじまり

とどまることのできないせまい通路を
前へ前へと傾いでいる身体だが

この瞳《め》が　星の上にやすらう静かな一瞬《とき》を
いつまで
もつことができるのか？
この無限の宇宙という光と闇の涯てない拡がりのなか

燃え果てる時空が見えないままなのが末恐ろしい

「宇宙図に」

おさない日から、はるかな夜空を探索できる天体望遠鏡は、いつも夢見られる道具だった。時がきて、安物だが天体望遠鏡を手に入れて、心躍らせた。しかしレンズを覗いてみると、ずぶの素人なりの自分の、脳内の星座や宇宙図の方がはるかに精緻で美しく輝いていて、その像は到底安物の天体望遠鏡ではとらえることが出来なかった。

　未知の拡がりをもって、わが精神にゆらめき懸かる夜空の光、闇。その果てのない沈黙のときのなかで、どんな交響曲の音符よりも、静謐で、巨大な宇宙は、いつも彼方に向かって拡がる。宇宙についての専門知識のないわたしなぞが、感宮や想念のままにつづるつたない言葉《ボキャブラリィ》も、その拡がりのなかでは、行き暮れ、墜落することにもなる。

後記

はるかな空間――地表での極地、さらには天空の拡がりの彼方まで、その時空を限られた言葉で探ぐり、歩き、時にとどまり沈黙することもできるという、特別な在りようを、詩が持ちうるものであるとするなら、その時空を通してどれほどかの、新たな未生に交接しうるものであろうか。

無がどこまでも行く手をひたしきる、この世やおのれ自身にあって、天文や地文等々との、はるかな交信のなかから、何ものかを聴きとろうとするのも、生きて在る限られた生の時の、しるしであろう。
そして「永遠」とは、不治なる存在からの遠い岸辺――
ということなのかもしれない。

本書の成立を暖かく見守って下さった小田久郎氏にはあつく御礼を申し上げたい。そしてお手間を掛けた三木昌子さんはじめ編集者の方々に心から御礼を申し上げる。

田中清光

二〇〇九年五月

北方《ほっぽう》

著者
田中清光《たなかせいこう》
発行者
小田久郎
発行所
株式会社思潮社
〒一六二—〇八四二　東京都新宿区市谷砂土原町三—十五
電話＝〇三—三二六七—八一四一（編集）八一五三（営業）
印刷
創栄図書印刷株式会社
製本
誠製本株式会社
発行日
二〇〇九年七月十日